KB210652

박
경
리

시
집

슬픔도 기쁨도

왜 이리 찬란한가

다산
책방

일러두기

* 띄어쓰기와 한글맞춤법은 국립국어원 표준국어대사전에 따랐습니다.
* 단, 원문의 의미를 살릴 필요가 있는 경우 사투리나 비표준어를 그대로 두었습니다.

자서(自序)

견디기 어려울 때 시(詩)는 위안이었다. 8·15 해방과 6·25 동란을 겪으면서 문학에 뜻을 둔 것도 아닌 평범한 여자가 어려운 시기를 통과하여 살아남았고 희망을 잃지 않았던 것은 어쩌면 남몰래 시를 썼기 때문인지 모른다. 시라고 하니까 스스럽고 송구한 생각이 든다. 무심결에 한 말이 빌미가 되어 전집(全集) 말권(末卷)에 시집이 나가기로 예정된 일만 해도 그랬다. 광고에 그것이 들어 있는 것을 볼 때마다 나는 머쓱해지곤 했었다. 위화감에는 참을성이 없는 성미지만 애써 외면을 하다가 시집 건은 잊기로 했다. 사실 산더미 같은 『토지(土地)』에 눌리어 겨를이 없었고 잡사에 대한 사고(思考)를 생략하지 않고는 일을 감당할 수도 없었다. 그랬는데 왜 별안간 발작같이 시집 낼 생각을 했을까.

어처구니가 없고 뭐라 심경을 표현하기도 어렵다.

생각해 보면 20년 가까이 한 작품에 매달려 오늘 이 지점에까지 왔는데, 20년 가까운 세월의 의미를 모르겠고 『토지(土地)』는 내게 있어 무엇이었을까. 과연 앞으로 헤쳐나갈 힘은? 남아 있는 걸까. 새삼스런 자문은 아니다. 좌절하고 절망하는 것도 새삼스런 일은 물론 아니다. 자문, 좌절, 절망, 이것들은 반복되는 일상이며 이 고질의 처방은 기다리는 것밖에 없다. 상처받은 짐승이 굴속에 웅크리고 앉아서 상처 아물기를 기다리는 것처럼, 기다리는 것밖에 없었다. 그러나 이번에는 그렇게 안 되었다. 나는 내 자신에게 강경히 요구하고 있었다. 너는 너 자신에게서라도 위로받아야 한다고, 자기 연민이라고나 할까. 그러나 시집의 출간은 위로가 될까? 오히려 자학이다. 어쩌면 내 좌표의 붕괴를 의미하는 건지 모르겠고 보다 강한 힘의 폭발의 기대인지 모르겠다. 아니 사소한 동기에서 떠나는 여행으로 생각하자.

영광이라고도 하고
사명이라고도 했지만
진정 내겐 그런 것 없었고

시집에 수록된 졸시(拙詩) 「눈먼 말」의 한 구절이다. 눈먼 말은 초라한 내 삶의 만가(挽歌) 같은 것이어서 세속적 표현이지만 여하튼, 시시각각 억압을 인식하며 미친 듯 자유를 갈망하는 사람에게는 사명이나 영광이 자신을 묶는 동아줄로 보일 것이다. 작가 역시 그 동아줄을 물어 끊는 투쟁부터 해야 하는 걸로 나는 생각했으며 『토지(土地)』의 1, 2, 3부를 쓰는 동안 그것과의 싸움에 절반의 힘을 소모한 것은 사실이다. 그러나 4부를 시작하면서부터 나는 사명이라는 동아줄에 묶이고 말았다. 그 동아줄은 전신을 칭칭 감았고 날로 강하게 나를 죄었다. 4부의 시간이며 무대인 1930년에서 45년까지, 철저히 봉쇄되고 바닥까지 수탈당했으며 모든 것이 말살되었던 일제 침략의 말기를 살았던 마지막 세대인 나, 작가라는 멍에를 짊어진 나는 어떻게 할 것인가, 뭔가에 의해 쫓기는 기분이었다. 강박(强迫)이었고 초조, 불안이었다.

　열 가닥의 씨올로 짠 피륙이 3부까지의 『토지(土地)』라면 4부는 삼십 줄 오십 줄의 씨올로 짜야 하는 베다. 내용도 나락같이 깊었지만 엄청난 양감(量感) 때문에 나는 망연자실했으며 어디서부터 허물어야 할지, 나를 비웃는 태산이었다. 만주사변에서 중일전쟁, 세계

대전, 이미 민족의 수난이라는 테두리를 넘어서 인류의 수난으로 치닫는 전쟁의 광란, 어느 누가 환난을 피할 수 있을 것이며 인간은 소모품으로 파괴되고 영혼과 육체가 참살되던, 일찍이 역사에서 유례를 찾을 수 없는 가공할 시기…… 그 고통스런 작업의 포기를 나는 수없이 생각했다.

4부는 일본이 기둥이다. 철저한 일본의 분석 없이 작품의 진행은 거의 불가능한 일이며 민족주의의 한 측면인 에고이즘에서 빠져나가야 했고 냉정히 통제하지 않으면 안 되는 감정, 수만의 신경이 바람에 전율하는 풀잎일지라도 무디게 뚫고 나가야, 내면은 아우성이며 포탄이며 전진이었다. 먼지와 거미줄과 기록의 난무 속에서 나는 내가 황폐해 가는 것을 느꼈다. 두 번이나 소설 연재를 중단했고, 다시 시작하여 겨우 겨우 1938년 남경대학살에까지 왔는데 나는 기진맥진했다. 때맞추어 월간경향지는 사(社)의 사정으로 『토지(土地)』 연재를 중단했다. 작가 생활 30여 년 게재지에서 작품을 중단하기론 이번이 처음이며 안으로 지쳤고 밖으로 중단의 고배를 마신 것이다. 사정이야 여하튼 나는 나를 추스려야 했다. 시집의 출간은 내 고질에 대한 처방인가, 모르겠다. 용기 한번 내어본 거라 하고

말았으면 좋겠는데 시인이라는 남의 명칭을 도용한
것 같은 느낌이 자꾸 든다.

1988년 5월 10일

박경리

* 1988년 지식산업사에서 출간된 시집 『못 떠나는 배』의 서문

　삶의 기억들을 토막내거나 혹은 녹여서 몽롱한 허구의 몸통에다 배분하고 첨가하고 상상의 실마리로 삼으며, 때론 확신하면서도 절망적인 작업이 소설이 아닌가 싶다. 구름 떠도는 하늘과 같이 있지만 없고, 없는 것 같은데 있는 우리들 영혼, 시작에서 끝나는 우리들의 삶은 대체 무엇일까. 본질적인 이 물음은 물론 철학적인 것이겠지만 그에 못지않게 문학에서도 끊임없이 부딪히게 되는 의문이다. 끝도 가도 없이, 수도 없이, 층층으로, 파상(波狀)처럼 밀려오는 모순의 바다, 막대기 하나 거머잡고 자맥질하듯, 창조는 그와 같이 외로운 몸부림이라 하겠는데 막대기 하나만큼의 확신과 그 막대기의 왜소하고 미세함에서 오는 막막함.

　그럼에도 불구하고 내 경우 시는 창조적 작업이기

보다 그냥 태어난다는 느낌이다. 바람을 질러서 풀숲을 헤치고 생명의 입김과 향기와 서러운 사연이 내게로 와서 뭔가가 되어지는 것만 같았다. 그러나 늘 미숙하고 넋두리 하소연도 적지 않아 발표할 때마다 꺼림칙하고 쑥스러웠다.

시를 쓴다는 것은 큰 위안이었다. 자정적(自淨的) 과정이기도 했다. 인간으로서의 존엄을 송두리째 빼앗겼던 저 옛날 일제 시대, 학교라는 조직 속에서 몰래 시를 쓴다는 것이 유일한 내 자유의 공간이었고 6·25 고난의 세월 속에서는 나를 지탱하는 버팀목이 되어주기도 했다.

바라건대 눈감는 그날까지 내게서 떠나지 않고 시심(詩心)은 내 생의 버팀목이 되어주기를 원하는 것이며 오늘 황폐해진 이 땅에서도 진실하게 살 수 있는 시심의 싹이 돋아나 주기를 간곡히 기원한다.

2000년 1월
오봉산 밑에서

* 2000년 나남에서 출간된 시집 『우리들의 시간』의 서문

차
례

2부 도시의 고양이들

3부 우리들의 시간

1부

못 떠나는 배

내가 떠나는 것은
지성의 마패 차고
사물을 이용하며 동분서주
양화(良貨)를 쫓아내는
무리들 때문이다

사마천(司馬遷)

그대는 사랑의 기억도 없을 것이다
긴 낮 긴 밤을
멀미같이 시간을 앓았을 것이다
천형(天刑) 때문에 홀로 앉아
글을 썼던 사람
육체를 거세당하고
인생을 거세당하고
엉덩이 하나 놓을 자리 의지하며
그대는 진실을 기록하려 했는가

뻐꾸기

어릴 적에 뻐꾸기는
동서남북 원근도
모를 소리였다
가도 가도 따라오던 뻐꾸기울음
가도 가도 도망치던 뻐꾸기울음
어느 나무 어느 둥지인지
저승에서 우는가 이승에서 우는가
알 수 없었다
분명
산속에 있기는 있을 터인데
나는 아직 그 새를 본 적이 없다
내 인생에서도 보이지 않았던
그 많은 것들과 같이
뻐꾸기를 본 적이 없다

대추와 꿀벌

대추를 줍다가
머리
대추에 처박고 죽은
꿀벌 한 마리 보았다

단맛에 끌려
파고들다
질식을 했을까
삶과 죽음의
여실(如實)한 한 자리

손바닥에 올려놓은
대추 한 알
꿀벌 반 대추 반
눈이 시리도록 푸른 가을 하늘

해거름

베개를 겨드랑 밑에 받치고
팔굽 세워
손바닥에 머리 얹으면
거미줄 늘어진 형광등이 보인다

서편 창문에
잦아드는 밝음
해거름인가 보다
세계는 죽어버린 것일까
막막함과 분노는 방 안 가득
하마 터질 듯한데

고요하다
종말처럼 고요하다
지구는 참 고요하구나

감성 (感性)

다 그렇게 살다 갔을 거야
응어리 삼키는 강가
구름 한 점 내 마음 한 점

한 점
점만큼 줄어든 영혼
펴보면 갈청같이 엷을 거야
찢어지겠지

생각

생각을 하고 또 생각을 하고
수억 년 쌓인 지층 모양
생각은 쌓이고 쌓여
내 머리통은 터질 것만 같다

생각 사이로
한 마리 나비가 날으고
생각 사이로
사슴 한 마리 지나가고
생각 사이로
겨울 들판 비둘기 한 마리 있고

그래서
내 머리통은 깨지지 않았나 부다

문학

나는 겁쟁이다
성문을 결코 열지 않는다

나는 소심한 이기주의자다
때린 사람은 발 옹그려 자고
맞은 사람은 발 뻗고 잔다는
속담을 믿어왔다

무기 없는 자 살아남기 작전
무력함의 위안이다
수천 번 수만 번
나를 부셔버리려 했으나
아직 그 짓을 못하고 있다

변명했지
책상과 원고지에
수천 번 수만 번

나를 부셔버리고 있노라

그러나
알고 보면 문학은 삶의 방패
생명의
모조품이라도 만들지 않고서는
숨을 쉴 수 없었다

나는 허무주의자는 아니다
운명론자도 아니다

유배

내 조상은 역신(逆臣)이던가
끝이 없는 유배

새끼 낳은 고양이
밥 챙겨주고
손 씻고 문 열고
정적(靜寂)의 덩어리 속으로
파닥이는 나비같이 들어간다

동산에서
나비 잡는 꿈을 꾸었던가
꽃술에서
꿀을 빼는 나비를 보았던가

황사(黃砂) 속을 맴돌고 헤집고
이 자리
나는 책상 하나 안고 살아왔다

정물(靜物)

손바닥에 머리 받치고
돌아눕는다
내 머리통은
사과알만 했다
따뜻했다
고동도 들려왔다
살아 있었구나

시간은
모터 소리처럼 지나가는데
나는
정물같이 살아 있었다

도요새

가엾은 넋이여
어디를 헤매다 이제 오나
수만 리 장천
한 마리 도요새 되어
날아가다 돌아왔나

때 묻은 장판방
벽에는 작업복
줄레줄레 걸려 있고
한밤은 창가에 걸려 있다

개구리가 운다
봄이 지나가고
초여름인 것을
깜빡 잊고 있었구나

한 마리 도요새 되어

수만 리 장천 날아가다
돌아온 나의 넋이여
자리 잡고 앉아요
남은 세월 함께 가야지

눈먼 말

글기둥 하나 잡고
내 반평생
연자매 돌리는 눈먼 말이었네

아무도 무엇으로도
고삐를 풀어주지 않았고
풀 수도 없었네

영광이라고도 하고
사명이라고도 했지만
진정 내겐 그런 것 없었고

스치고 부딪치고
아프기만 했지
그래,
글기둥 하나 붙들고
여까지 왔네

옛날

옛날 그 바닷가에서
내 어린 마음에도
산천이 척박함을 느꼈다

옛날 그 바닷가에서 돛단배
수평선 넘어가는 것 보고
내가 혼자인 것을 생각했다

바다울음

바다 우는 소리를 들었는가
어떤 사람은
울음이 아니요
샛바람 소리라 했지만
나는 지금도 바다울음으로 기억한다

수평선에 해 떨어지고
으실으실 바람이 불면
바다는 묻을 치고
울부짖었다

여로1

차창 밖에는 전주(電柱)
끝없는 전주의 행렬

바람에 날린 물방울
차겹게 얼굴을 친다
내가 울고 있었던가

비 지나간 산등성이
피빛 같은 붉은 흙
낫을 놓고 담배 피우는 사내
가로수 등지고 앉아 있었다

오막살이 한 간
땅 위에 이루지 못하고
부엉새 같은 나

닦아도 닦아도 흐려지는 안경

여로2

산 첩첩
밤새 우는 소리도 없고
한계령 넘을 적에는
눈발이 보이더니

밤도 가고
바람 눈 멎은 곳에
화평도 아닌
햇빛 들치네

하잘것없는 목숨
육십 년 고개를 넘었는데
산 첩첩
밤새 우는 소리도 없고
옷자락 남루한 나를
산은 바라만 보고 있네

저승길이 얼마만큼인가
돌아보지 말고
갔으면 좋으련만
사무친 수많은 것
어디에 놔두고 가야 할지

산 첩첩
밤새 우는 소리도 없네

체 념

타일렀지
이곳은 자유의 천지
해야 할 일 충분하고
푸성귀 아쉽지 않았고
거닐 수 있는 울타리 안은
꽤 넓은 편이며
밤에는 소쩍새 우는 소리

타일렀지
이곳은 나의 자유
해방된 곳이라고

불행

사람들이 가고 나면
언제나 신열이 난다
도끼로 장작 패듯
머리통은 빠개지고 갈라진다

사무치게
사람이 그리운데
순간순간 눈빛에서 배신을 보고
순간순간 손끝에서 욕심을 보고
순간순간 웃음에서 낯설음을 본다

해벽(海壁)에 부딪쳐 죽은
도요새의 넋이여 그리움이여
나의 불행

꿈 1

원주 와서
넓은 집에
혼자 살아온 것도 칠팔 년
늘
참말 같지가 않았다

방문 열면 마루방
덧신 발에 걸면서 한숨 쉬고
댕그마니 매달린 전등불
믿기지 않았다

꿈을 꾸고 있는 걸까
정수리 자르며
지나가는 시간
저승길
헤매고 있는 거나 아닐까

글을 쓸 때는 살아 있다
바느질할 때 살아 있다
풀을 뽑고 씨앗 뿌릴 때
살아 있는 것을 느낀다

서쪽에서
빛살이 들어오는 주방
혼자 밥을 먹는 적막에서
나는 내가 죽어 있는 것을 깨닫는다

죽음

해야만 했던 일 끝나면
춤을 배워볼까
하얀 버선발 세우고
학이 날개 펴듯
두 팔 허공에 띄우며
나도
예쁘게 춤을 출 수 있을까

주변 가지런히 챙겨놓고
노래라도 배워봤으면
접은 부채
두 손으로 받쳐 들고
나도 신명내며
노래할 수 있을까

학과 같이 춤을 추고
소쩍새같이,

아니 아니 그냥
신명내어 노래 부르다
죽었으면 참 좋겠다.

대보름

보름 전야
불 끄고 잠자리에 들다가
환한 창문
보름달을 느꼈다

대보름 아침
연탄을 갈면서
닭 모이를 주면서
손주네 집에서는 오곡밥을 먹었을까
자맥질하듯
시시로 떠오르는 생각

차 타면 몇십 분에 가는 곳
멀고도 멀어라
글을 쓰다가
말라빠진 날고구마 깨물며
슬프지 않는 것이 이상했다.

씩 씩 하 게

뭐가 외로워
조금도 외롭지 않아
뭐가 슬퍼
조금도 슬프지 않아
괜한 어리광이었어

저기 됫박쌀 봉지 들고
씩씩하게 가는 늙은이가 있고
저기 목발 짚고
씩씩하게 걷는 소년이 있고
비에 젖으며
날아가는 백로가 있다

나도 밑바닥 세월 속에선
참 씩씩했다
일체중생 모두 고달픈 것을
나 또한 중생의 하나이니
슬퍼 말어라

춤

화랑처럼 춤을 추고 싶었다
처용처럼 춤을 추고 싶었다
백결(百結)의 누더기 걸치고
춤을 추고 싶었다

유리창 산산이 부수고
아아 창공을 날고 싶다
그러나
미치지 않고는
자유로울 수 없었다

민들레

돌팍 사이
시멘트로 꽉꽉 메운 곳
바늘구멍이라도 있었던가

돌 바닥에 엎드려서
노오랗게 핀 민들레 꽃
씨앗 날리기 위해
험난한 노정(路程)
아아 너는 피었구나

샤머니즘

우리는 지금 죽어가고 있습니다.

당신은
생명과 형상과 법칙이 절묘하여
가까이 가려고
애쓰는 사람이 예술가입니다

가장 외포(畏怖)로운 존재
사람은
당신 속에서 신을 생각합니다

힘의 원천
억조창생은
당신의 힘을
조금씩 얻어서 살았습니다

삶의 터전

죽음의 계곡
당신은 생과 사를 주관합니다.

풀잎 한 가닥도
바람에 눕혀 살게 하시고
공평한 당신은
부성과 모성의 일체입니다

당신은
태양과 물과 흙의 삼위일체입니다.
일어나소서

삼천 년 잠을 깨고 일어나소서
잠 깨어 오소서

죽어가는 우리를 잡아주시고
오시어
생명을 찬미하소서

견딜 수 없는 것

단구동에 이사온 후
쐐기에 쏘여
팔이 퉁퉁 부은 적이 있었고
돌 틈의 땡삐,
팔작팔작 나를 뛰게 한 적도 있었고
향나무 속의 말벌 땜에
얼굴 반쪽 엉망이 된 적도 있었고

뿐이랴
아카시아 두릅 찔레도
각기 독기(毒氣) 뿜으며
나를 찔러댔다

뿐이랴
베어놓은 대추나무
끌고 가다가
종아리 부딪쳐 피투성이 되던 날

오냐,
너가 나에게 앙갚음을 하는구나
아픔을 그렇게 달래었지만

차마 견딜 수 없는 것은
사람의 눈이더군
나보다 못산다 하여
나보다 잘산다 하여
나보다 잘났다 하여
나보다 못났다 하여

검이 되고 화살이 되는
그 쾌락의 눈동자
견딜 수가 없었다

양극

작년 여름
연못가에 나타난 뱀
녹색과 적색
숨 막히는 공포였다

부우츠 신고
쇠막대기 휘두르며
돈키호테같이
뱀을 정벌하였다

배수의 진은 나의 무기
하늘만큼의 그리움은
절대 고독을 다스리고
두더지같이 땅을 파며
창공의 비상(飛翔)을 본다

조국

허리 짤리운
우리 산천에
미국군대가 있고
어찌 또다시
우리 산천에
일본이 오는가

무덥던 여름
장롱 깊은 곳에서
숙고사 연분홍 치마
은조사 흰 적삼
소중히 꺼내어 입고
시골 신작로 따라
국민학교 운동장 가던 새색시

모두 어우러져서
한 덩어리가 되어

울음 섞고 눈물 뿌리며
만세를 불렀다

이제는
오손도손 우리끼리 살겠구나
내 땅에 와서 내 겨레 가슴에
숱한 못질을 하던
그들이 가는구나

부모형제를 찾고
우리말 찾고
내 이름도 찾고
아아 내 옷도 찾아서
이제 찬란한 햇빛 아래
내 산천을 바라보리

새색시 백발이 되었고

세상만사 다 변하였는데
그때 눈물과
그때 기쁨은
다시 찾아오지 않았다

시래기죽에
물 한 그릇 더 부어서
배고픈 나그네
시장끼 달래주던 시절

헌 옷 깁고
실 물어 끊으며
땀 좀 닦고 묵으소
어머니가 말했었지

기막힌 그 시절은
가난이던가

진정 기막힌 그 시절은

불행이던가

피

강자를 물어뜯는 노을은 신선하고
그의 승리는 슬픔으로 장중하다

강자의 발을 핥는 자는
반드시 패도(覇道)를 꿈꾸고
그가 치는 승전고는
피바다를 예고한다

욕망의 계곡을 누비며
연민도 없이
눈물도 없이
채워도 채워도 허기진 자
그들로 인하여
역사는
민초의 피로 얼룩져왔다

생명 1

사통팔방 뚫린 길은
자동차의 대홍수
광대 줄타기하듯
떨며 지나가는 거리

전선의 참새 한 마리
추위에 웅크리고
가로수 한 그루
눈 감고 서 있다

못 떠나는 배

내가 떠나는 것은
사무실 칸막이 들락거리며
내노라는 사내들
줄 서는 나를
업신여겼기 때문이다

내가 떠나는 것은
뉴 모오드
백치 같은 계집들이
쓰라린 얘기들
호크로 고기 찌르듯
조롱으로 넘겼기 때문이다

내가 떠나는 것은
지성의 마패 차고
사물을 이용하며 동분서주
양화(良貨)를 쫓아내는

무리들 때문이다

그것들이
자연스럽게 이루어지는 세상
거짓말이 만발하고
음모가 만발하고
밟고 떡 치고

향연이며 기성(奇聲)이다
쾌락이며 검은 웃음이다
확실히 사람은
하나를 더 가진 동물
쾌락을 위한 살해
정신의 살해 말이다

떠나야 한다 떠나야
그러나

풀을 뽑다가
닭 모이 생각을 하며
치악산을 보고 있는 나
죽도 밥도 아니구나

세상

아이들이 간다
쫑알쫑알 지껄이며 간다
짧은 머리 다풀거리며 간다
일제히 돌아본다
아이들 얼굴은 모두 노인이었다

노인들이 간다
그림자처럼 소리 없이 간다
백발,
민들레 씨앗 깃털 같은 머리칼
지팡이 짚고 돌아본다
노인들 눈빛은 갓난아기였다

풍경 1

갈구리 같은 손
때 묻은 타올 목에 감고
방죽길 따라
솔갈비 팔러 가던 아낙

그물 손질하다가
코 풀고
돌아보던
어부의 빨간 코

푸른 하늘 푸른 바다만
호사스러웠다

문명

물새는 소리!
악몽이다

어제는 수도꼭지가 터져서
물바다 되고
오늘 또 목욕탕 물탱크가 샌다

이리저리 살펴보고 만져보다가
모터 스위치 내려놓고
마룻바닥에 주질러 앉았다

유리창 밖은 새까만 어둠
새까만 어둠이다
유성에서 떨어진 외계인처럼
막막하기만 하다

이사 왔을 때

그때, 모터가 고장이 나서
물 길어오던 눈길

넘어져서 엉엉 울었다
누가 와서
날 일으켜주지 않나
아이같이 울었다

꿈속에서도 물 새는 소리
밤 한가운데
몽유병자처럼 공간을 헤매며
물탱크 수도꼭지 보일러실을
찾아다녔다

유리창 밖은 새까만 어둠
차가운 마룻바닥
길 잃은 아이처럼
마냥 겁이 난다

토지 (土地)

어떤 사람이
『토지(土地)』를
초라하다 했다

맞는 말씀이다

『토지(土地)』는
매우 화려하지만
작가가 초라했다

삼지사방
휴매니즘이란 것을
구걸해 보았으나
참으로 귀한 것이어서
좀체 얻을 수 없었다

역시『토지(土地)』는 초라했다

객지

원주는 추운 곳이다
겨울이 아닌 때도
춥다
어깨 부빌 거리도 없고
기대어볼 만한 언덕도 없었다

원고지 이만 장 십일만 원
안다는 사람한테 사고
다음 날 문방구에서
원고지 이만 장
육만 원에 샀을 때
진정 나는 추워서 떨었다

그러나
서울 갔다 오는 날
서원도로 들어서면
고향길 돌아온 듯
마냥 마음이 놓인다

기관사

새벽 네 시쯤이면
원주천 따라 구름다리 돌아가는
기차
레일 굴리는 소리가 들려온다

어두운 선로 밝히며
수많은 인명
이끌고 가는 기관사
국토 가르며,
외길
기차 몰고 새벽을 가는 사람

어떤 눈빛일까

국토개발

황하를 다스리는 사람이
천자가 되었던 요순시대

지금은 국토개발
그린벨트 해제가
선거공약이 되는 시대

산은 허물어지고
강은 썩어가고
땅은 메말라 죽어가는데
사람들 마음은 무쇠가 되어
개발 유치를 외치고 있다

기다림

이제는 누가 와야 한다

산은 무너져 가고
강은 막혀 썩고 있다
누가 와서
산을 제자리에 놔두고
강물도 걸러내고 터주어야 한다

물에는 물고기 살게 하고
하늘에 새들 날으게 하고
들판에 짐승 뛰놀게 하고
초목(草木)과 나비와 뭇 벌레
모두 어우러져 열매 맺게 하고

우리들 머리털이 빠지기 전에
우리들 손톱 발톱 빠지기 전에
뼈가 무르고 살이 썩기 전에

정다운 것들
수천 년 함께 살아온 것
다 떠나기 전에

누가 와야 한다

못 떠난다

속초 가서
동태장사나 하며 살아볼까
훤하게 뚫린 삼거리
샛바람 마시며 서성거렸다

은행의 창구 내미는 천 원권 지폐 뭉치
고액권 달라고 실랑이하다
새파랗게 질려서 강릉행 뻐스를 탔다

처음 보는 강릉거리
발 가는 대로 들어선 식당
살풍경 한 난롯가에서
막국수 한 그릇 용을 쓰며 먹었다

뻐스정류장은 무성영화
낙엽 모이듯
사람들, 행선의 팻말

속초 가는 표 꾸겨 쥐고
다시 뻐스에 올랐다

동쪽이라는 것은 안다
북쪽이라는 것도 안다
어촌인지 어항인지
속초 형편 들려주던
노인네 목소리가 기억에 남아 있다

내린 곳은 설악동이었다
일금 삼천 원
관 길이 만한 민박의 방
안도의 숨 토했으나
밤은 연탄가스로 헤매었다

날이 새어
엷은 무명 자켓 깃 세우고

포켓에 두 손 찌르며
저 밑바닥
가장 깊은 곳에서
흔들려오는 오한(惡寒) 누르며
장엄한 해돋이 동해 앞에 선다

아아 무심한 바다여

늙은 여자가
백만 원 든 망태 하나 들고
길 잃은 강아지 모양 왔다 갔다
"너 간첩이지?"
기념품 가게 여주인 눈빛 읽고
죄 없이 허둥대며 몰리는 내 꼴이라니
웃어야지

속초 가서 동태장사를 하면

가만히 내버려 두기나 할 것이든가
손주들 얼굴
쏜살같이 떠올라
허겁지겁 택시를 잡았다

대절한 택시 속의 나는 미이라
단구동 눈익은 문 앞에 내려서서
잡혀온 탈옥수같이
치악의 연봉 보며 눈물 흘렸다

거지

뜨개바늘에 실 감으며 말했다
늙으면 나는 거지가 될 것 같다

고등학교 다니던 내 딸이
노발대발 악을 썼다

세상 험한 것을
그나마 몰랐던 모녀

네 말이 맞다
보따리 짊어지고
진실 찾아 이 집 저 집
기웃거린다 했는데

네 말이 맞다
그런 것은 아무 곳에도 없었다
하늘 보고 땅 보고

날은 저무는데

나는 아직 거지가 못 되었구나

비둘기

창경원에서
발 하나 망가진 비둘기를 보았다
외발로 뛰면서
빵 부스러기 쪼아 먹더군

비둘기야 너는 어디서 왔니
그리고 나는 어디서 왔을까
너도 그렇고 나도 그렇고
참 많은 업을 짊어지고 왔나 부다

푸른 하늘 바라보며
오늘도 죽지 않고 살아 있다

2부

도시의 고양이들

버림받은 고양이

집 잃은 고양이

그들 사이에서 태어난 고양이

저이들끼리 모여

살얼음같이 살았을 터인데

목숨의 슬픔이여

정처 없음의 슬픔이여

환(幻)

내 님은
풀발 선 흰 셔츠 입고
산마루 돌아가는 뒷모습

내 님은
밤기차 차창 안의
눈 감고 앉아 있는 옆모습

내 님은
멀리, 멀리 서천(西天)
날아가는 외기러기 같은 사람

말 나눈 적 없고
어디 사는 누구인지
이승도 저승도 아닌
만나본 적이 없는 그가
진정 내 님이네

밤배

뱃고동 소리는
맘속의 작은 시냇물
떠나지 못한 설움

바람 부는 방죽
휘영청 달과 함께
듣던 뱃고동 소리

그 항구에
가스등 술렁이고
남망산 모롱이
돌아가던 밤배

서문안 고개

은조사 적삼
속살 비친다고
투정하던 서문안 고개
뻐꾸기가 울었다

적삼이면 두 개요
깨끼저고리를 하자면
하나 아니냐
어머니는
땀을 닦으며 실리를 따졌고
뻐꾸기는 여전히 울었다

두 개를 취하는 어머니와
하나를 고집하던 나
늘 우리 모녀는
그런 일로 다투었다

나는 꿈으로 살려 했고

어머니는

생활에 발 묻고 사셨다

꿈을 버리면서

나는 세상과 등졌고

어머니는

철없는 것 한탄하며

땅속으로 가셨다

미친 사내

옛날에
또개라는 미친 사내가
진주에 살았었다

가는 사람 오는 사람
길 막고 서서
앞, 앞이 말 못한다, 하며
가슴 치고 울던 사내

갈래머리 소녀 적에
보았던 일
비 오는 날
나를 사로잡는다

그는 새가 되었을까
앵무새가 되었을까
그는 꽃이 되었을까
달맞이꽃이 되었을까

그리움

그리움은
가지 끝에 돋아난
사월의 새순

그리움은
여름밤 가로수 흔들며
지나가는 바람 소리

그리움은
길가에 쭈그리고 앉은
우수의 나그네

흙 털고 일어나서
흐린 눈동자 구름 보며
터벅터벅 걸어가는
나그네 뒷모습

진실

새빨간 칸나가
교실 안을 기웃거리고 있었다
일본인 여선생은
해명하려는 내 뺨을 때리며
변명하지 말라 호통쳤다

항구에서는 뱃고동 소리
칸나는 더욱 붉게 타고
어린 나는
진실에 힘없음을
깨닫고 울었다

어른이 되어
더러
해명을 시도하기도 했으나
그럴 때마다
치욕을 느꼈다

차츰 나는
해명을 하지 않게 되었고
홀로 되었다
외로움은 치욕보다
견디기 힘들지 않았고
소쩍새 울음이나 들으며 산다

판데목 갯벌

피리 부는 것 같은 샛바람 소리
들으며
바지락 파다가
저무는 서천 바라보던
판데목 갯벌
아이들 다 돌아가고
빈 도시락 달각거리는
책보 허리에 매고
뛰던 방천길
세상은 진작부터
외롭고 쓸쓸하였다

그해 여름1

생각해 보니
가슴에 수술을 받은 것은
열아홉 해 전이었던 것 같다

무더운 여름
선풍기 소리가 쉴 새 없던 팔월
병실이 술렁였다
병원이 온통 술렁였다

북쪽에서 손님들이 온다고
헤어졌던 내 동포가 온다고
신문은 폭풍같이
눈앞에서 퍼덕거렸다

그해 여름2

내 딸이
병실에 쟈스민 향을 피워주었다
옥잠화 몇 송이도 꺾어다 주었다
열아홉 해 전 여름날

잃어버린 한쪽 가슴
상처 달래려 했던가
향기 높은 옥잠화
붕대 사이에 끼워두었다

치료실 시멘트 바닥에
시들은 옥잠화 떨어졌을 때
의사 보기 민망하여
얼굴 붉혔다

꽃과 향기와 피
북쪽손님들 돌아가고

세상은 온통 허무했다
잃어버린 한쪽 내 가슴

그해 여름3

분홍빛 내리닫이 입고
딸에게 친구들에게
손 흔들며 작별하고
수술실에 들어갔었던 그해 여름

눈을 떴을 때
하루 사이
세계지도같이 기미가 쓴
딸의 얼굴이 보였다

글 쓰는 굴레 벗어버리고
고뇌와 분노의 굴레 벗어버리고
미움과 절망도 다 벗어버리고
그해 여름은 불행하지 않았다

하얀 운동화

어릴 적에
하얀 운동화 신었다고
따돌리어 외톨이 된 일 있었다

비 오시던 날
신발을 잃고
학교 복도에 서서 울었다

하얀 운동화는
물받이 밑에서
물을 가득 신고 놓여 있었다

나는 짚신 신고
산골서 다니는 아이들을
부러워했다

지금도

나는 가끔
산골 아낙이 못된 것을 한탄한다

돈암동 거리

자주색 두루마기 펄럭이고
구두 소리 울리던
돈암동 거리엔 바람이 불었다
크다만 플라타너스 잎이
소리 내어 떨어지고
청춘의 쓰라림이 맴을 돌았다
돈암동 바람 불던 거리

사막

체크무늬의 옷 입고
사막에 앉아 있던 여자 뒷모습
아주 옛날 사십여 년 전
사진잡지에서 보았던지

오싹오싹 피가 어는 것 같았다
왜 그랬는지
박제 같은 모습과 사막이
왜 내 피를 얼게 했는지

이제는 알 것도 같다
사람은 모두
그렇게 살아가고 있다는 것을
이제는 알 것도 같다

영주(玲珠) 오는 날 아침

오늘은 딸애가 오는 날
해 돋기 전에
비름나물 뜯어
우물가에서 씻는데
못 먹을 것은 눈에 뵈네라
어머니 목소리 생각하며
검불을 걷어낸다
백로가
머리 위로 날아간다

새야

새야
창공을 가르고 가는 너를 보면
언제나 눈물이 난다

새야
강가 갈대밭
무정한 인적에 숨죽이며
둥지를 틀고 새끼 기르는
너의 절박한 한철

새야
바람에 고향 향기 실려오면
날개 푸득이고 떠나는 너
잘 가거라
가는 길에 허기 달랠 강물
지친 나래 접을 숲
그곳에 내 기원 보내마

전생이 무엇이었기에
내 가슴 이리 찢어지는가
새야
너는 내 형제였더냐
너가 자유롭고 허기지지 않는다면
나 또한
자유롭고 허기지지 않을 것을
새야

철쭉빛

비로드 검정 치마
철쭉 빛 저고리 입은
열일곱 처녀가
조카 손 잡고
병원에 갔었다

소독 냄새 하얀 가운
영롱한 청춘을 보고
겁이 나서 달아난
열일곱 철쭉 빛

들고양이들

수삼 년
겨울이면
뒷부엌에 연탄 피워주고
국 끓여 밥 말아주었는데
여남은 마리나 되는 들고양이들은
나만 보면
밥 먹다가도 달아난다

이놈의 짐승들아!
어찌 그리 은혜도 모르니
하다가 웃었다
들고양이들은
늘 죄의식에 사로잡혀
그러는 것 같다

도시의 고양이들

어떤 시인이 와서 말했다

그가 사는 아파트 단지에
밤이면 푸른 가등 아래
수없이 많은 고양이들
모여들어 노니는데
보기에 좋더라고

쥐약을 놔서
그 수많은 고양이들이
절반가량
학살을 당했다고도 했다

푸른 가등 아래
노니는 고양이들이 보인다
섬광같이
생명의 아름다움이 보인다

버림받은 고양이
집 잃은 고양이
그들 사이에서 태어난 고양이
저이들끼리 모여
살얼음같이 살았을 터인데

목숨의 슬픔이여
정처 없음의 슬픔이여

정릉의 벗나무

정릉 숲속에
벗나무가 있었다

아이들이 나무를
장대로 두들기고 있었다

손주를 업고
메뚜기처럼 뛰어갔다

버찌 하나 주워
보석같이 샘물에 씻었다

새까맣게 익은 버찌
등 뒤 손주에게 주었다

맛있니? 원보야
응

그때

하늘은 어찌 그리 넓었던지

신산에 젖은 너이들 자유

내 집 뜰은
언제나 풍성하다
나무열매
풀들의 씨앗
온갖 벌레
지렁이는 지천으로 있다

새야
한철이나마
배부르게 먹고
겁 없이 놀다 가려무나
농약 없이 가꾼 땅
너이들 위해
얼마나 다행이냐

내 친구 과객들아
신산에 젖은 너이들 자유

나의 자유도 혈흔의 자국
뼈저리는 외로움이었다
허나 끝내 버리지 않으리라
구만리 장천
날으는 너이들처럼

기억

어느 해 나절
꽃가지 꺾어서
내밀던 눈동자
꽃과 향기는
바다의 물빛

휑하니 뚫린 신작로
걸어오다
돌처럼 바라보던 눈동자
가로수의 푸르름은
바다의 물빛

생명 2

얼어붙은 눈길
조심조심 내려간다
삐! 삐!
새가 숨어서 운다
눈이 실리어
가지마다 휘인 나무
삐! 삐!
가녀리게 운다
먼 곳 가까운 곳
전등이 꺼지지 않고 있는
신새벽
겨우내 새는
뭘 먹고 살았는지
준열한 천지가
내 눈앞에 아득하구나

백로

방문 열어놓고
목련과 느티나무 사이
찢겨진 하늘을 본다

소리 없이 지나가는 백로
전설 같고 기적같이
사라진다

뜰에서
머리 위를 날아가는 백로는
대리석의 조각이었다

해방된 생명
고귀한 백로의 모습
어찌 알리요
형극의 그의 행로를

매

단구동에 이사 왔을 무렵
매 한 마리가 내게로 왔다
고기 한 점 주었더니
얌전하게 먹었다
그때부터 매는
이따금 찾아왔고
나는 고기를 주곤 했다
때론 개구리를 물고 와서
풀 매는 내 곁에서 뜯어 먹기도 했다
어느 날 아이 둘이
개구리를 들고 와서
매를 달래어 데리고 갔다
그러고는 다시 나타나지 않았다
우리는 시시각각
이별하며 살아간다
우리는 시시각각
자신과도 이별하며 살아간다

될 법이나 한 얘긴가

내 손주들 보고 얘기했다

심심산골 싸리꽃 피는 곳
작아도 집은 궁전같이 꾸며놓고
이슬 밟으며
개울가에 가서 빨래하고
텃밭에는
파 마늘 배추 고추 도라지 더덕
온갖 채소 다 심어놓고
닭은 네댓 마리 기르는 게 알맞겠고
양 한두 마리 풀밭에 매어놓고
살구며 대추 자두 밤
먹을 만큼 나무 자라게 하고
그렇게 살아라

될 법이나 한 얘긴가
아아 될 법이나 한 얘긴가

화학약품 같은

식탁 위의 반찬 내려다보며

앙상한 손주들 팔다리 쳐다보며

눈물 삼킬 수밖에 없네

배추

대추나무 밤나무 잣나무
잎새들 다투어 떨어지고
하마 오늘 밤은 서리 내릴라

낙엽 쌓인 밭고랑 누비며
살며시 정답게 배추 보듬어
짚으로 묶어준다

목말라하면 물 뿌려주고
푸른 벌레들 괴롭히면
돋보기 쓰고서 잡아주고
떨어진 낙엽 털어주고
폭폭 흙 파서 거름 묻어주고

배추의 입김
살아 있는 것의 가냘프고
때론 강한 입김 느끼며

기르는 마음 사랑하는 마음
여름 한 철 나는 외롭지 않았다

풍경 2

하얀 아파트와 아파트 사이
조각보 같은 푸른 하늘
은빛 비행기
소리 없이 지나가네

하얀 아파트와 아파트 사이
조각보 같은 푸른 하늘
얼음조각 같은 구름
먼 훗날같이 떠 있네

물기 잃은 잔디밭
마로니에는 조금 흔들리고
빨간 옷 입은 아이
뒷짐 지고 서 있네

아파트의 숲
자꾸자꾸 고개를 젖혀야

보이는 꼭대기

창구마다 고달픈 인생 걸려 있네

살구라는 이름의 고양이

모로 누워서
눈감고
아이들 집 고양이 생각을 한다

어미를 졸라
오천 원을 얻은 원보가
새끼고양이를 안고 오던 날
내가 목욕을 시켜주었다

이번에 가니까
많이 컸었다
오줌 쌌다고 성화하는 어미
원보는 냉큼 고양이를 안고 갔다

목욕탕에서
어리광 섞인 고양이 울음

사위가 말했다
"아이고 아이고, 합니다"
식구들 모두 소리 내어 웃었다

모로 누워서
눈을 감고
어느새 나는 웃고 있었다
살구라는 이름의 고양이

가을

노오란 은행나무
군데군데
붉은 지붕 푸른 지붕
군데군데

고속도로 가득히
석양은 깔려 있고
들판 볏가리 위에
새들
하루 마지막을 쪼고 있다

초라한 내 생애의 가을
차창 밖에는
눈부신 가을이 지나가고 있다

촉루(燭淚)처럼

불 끄고
자리에 누우면
창문에
나뭇잎새들 일렁이는데
촉루처럼
녹은 내 육신이
떠나간다
일렁이는 잔잎새 사이로
육신이
빠져나가는 것을
내 영혼이 바라본다

삶

대개
소쩍새는 밤에 울고
뻐꾸기는 낮에 우는 것 같다

풀 뽑는 언덕에
노오란 고들빼기 꽃
파고드는 벌 한 마리

애끓게 우는 소쩍새야
한가롭게 우는 뻐꾸기
모두 한목숨인 것을

미친 듯 꿀 찾는 벌아
간지럼 다는 고들빼기 꽃
모두 한목숨인 것을

달 지고 해 뜨고

비 오고 바람 불고

우리 모두가 함께 사는 곳
허허롭지만 따뜻하구나
슬픔도 기쁨도 왜 이리 찬란한가

눈꽃

느티나무에 실려 있는
앙증스럽고 섬약한 눈꽃들
포근포근한 눈밭에
폭폭 찍혀 있는 고양이 발자국

아아 좋타!
두 팔을 벌리는데
팔 내리는 순간
쓸쓸해진다
찬란한 눈꽃의 비애

나그네

수국이 비에 젖는다
염천 아래 목말라하더니
매달아 놓은 강아지
그도 정에 메말라
나그네 내미는 손 반기더니
비 바라보며 앉아 있네
드리워진 발 밖에
홍당홍당
물받이에 빗물 떨어지는 소리
어드메가 행선인가
기차의 기적
레일 굴리는 소리
정다웁구나

시 공(時空)

새벽 네 시쯤
닭장에서 수탉이 울었다
장보고오!
하며 울었다
귀 기울여 다시 들었건만
장보고오!
내 마음의 소리인가
닭의 울음인가

언제였던지
연못의 맹꽁이들이
아틀란티스! 아틀란티스!
하며 울었다
고춧대를 세우다가
나도 밈속으로
아틀란티스! 아틀란티스!
해보았다

황해를 주름잡던

배포 큰 사나이

물속에 가라앉았다는

전설의 대륙

생각만이

시공을 관류하는구나

독야청청

독야청청
미명 앞세우고 피신해 온 곳
원주 단구동

독야청청
수식의 가소로움이여
거미줄같이 휘감겨 오는 창날들

창문 열고 겨울바람 마시는데
오장육부
목구멍에서 쏟아질 것 같고

어디로 가야 하는지
산골짝 골짝
쉬어갈 나무 한 그루 없고

천지간 둘러보아도

기댈 곳 없어
모래밭 같은 거짓 속에
발 묻고 내가 서 있구나

밤중

내 영혼은
폭포 타고 흐르는가
조각배에 실리어
만경창파 떠도는가
멀고 먼 곳에
별빛 깜박이는데

내 영혼은
한밤에 우는 소쩍새
해벽 깎아지른 곳의
죽지 부러진 도요새
캄캄한 저승길
이 시각에도 누가 가고 있겠지

흐린 날

흐린 날은
수술 자리가
지네 달라붙은 듯 진득거려서
참 싫다
누워 있지도 못하고
뜰을 서성거린다
상처 입은 짐승같이
서성거린다
해저 동굴 속에
웅크린 듯
언어를 잊고
불안을 견딘다

정글

잔디를 깎는다
기계 돌아가는 소리
들들들 우워웡!

잔디를 깎는다
기계가 헛돌아서
우워웡! 우워웡!

사자 호랑이 표범
포효하듯
우워웡! 우워웡!

갑자기 유쾌해져서
구름 보며
땀을 닦는다

정글 속에 있는 듯

내 집을 둘러싼

나무들이 흔들린다

흔들린다

지샌 밤

토인비의 역사연구를 읽다가
재봉틀 앞에서 바느질을 하다가
묵은 유행가책 꺼내어
노래를 불러본다

무한한 것은 저만큼 서 있었고
생활은 내 곁에 어질러져 있었고
장난기도 좀 부려보았는데
갑자기 자신에 대한 연민
인간에 대한 연민 때문에
웃었다

창백한 형광등
커피는 식어 있고
원고지는 난무하고
시각마다 시체가 되는 사물

지겹게 울어대던 개구리

밤새 울음도 멎고

까치 소리에

창문 밖 내다보았더니

옥색 아침이 열려 있었다

저승길

꿈길은 항상 청록빛이었다
생시같이
늘 외롭고 무서웠다
저승길이 꿈길 같다면
삶에서도
죽음에서도
우린 어디서 빛을 보리

사랑

육십 고개 넘었는데
보이지 않는 곳
바라보며
사랑 노래 부르는 친구

가을의 잔영 드리우며
물결치는 눈동자

친구여
이 세상 온갖 사랑 중에
남녀의 사랑이란 한 부분
그는 놀라 나를 보네

부용 꽃 떨어지는 시간만큼
침묵이 흐른 뒤
그건 그래,
낮은 목소리
삼키는 한숨 소리

면무식

밀짚모자 쓰고
풀을 매는데
계분 실은 영춘원 차가 왔다

짐을 부리면서
손가락 하나 잘린
음성 나환자 노인이
과수원 하느냐고 물었다

아니요
텃밭에 줄 거요
했더니
노인의 말이
부자인가 보다

아니요
유기농업을 해야 땅이 살지요

빤히 쳐다보며 노인은
시골 노친네가 제법 유식하다

호미를 들며
네 면무식은 했지요
멀리 논에서
개구리 우는 소리

한밤

한밤에 눈 사북사북 밟고
내리막길 내려간다
축축히 젖은 신문
철문 사이에서 뽑아들고
사북사북 눈 밟고 돌아온다
불 켜놓은 내 방의 창문
눈 쌓인 느티나무 그물 같은 잔가지
하늘을 올려다본다
큰 별 하나
화등잔같이 달려올 듯
먼 산기슭에는 교회당
빨간 네온의 십자가
세상은 온통 잠들어 있다
아아 세상은 온통 잠들어 있다

좁은 창문

그까짓 것,
아무것도 아닌 것을
서로 주고받는 눈짓에
눈감고
서로 주고받는 웃음소리에
귀 막고
도망쳐 다니다가
스스로 만든 감옥의
좁은 창문 바라본다
해방된 새가
창공을 나는구나

원작료

원작료
꽤 큰돈이 들어온 날
나는
외로워 잠이 오지 않았다
창문에 흔들리는 나무그림자
주술같이 흔들리는 나무그림자
인생의 끝의 끝처럼

야채 조금 먹고
이따금 동태 한 마리 끓여 먹고
쌀 보리
서너 줌이면 내 하루 족한 것을
눈 내리는 날 창가에서
뜨거운 커피 한 잔이면 족한 것을

비정한 눈동자
염치없는 손들이

나를 외롭게 한다 흐느끼게 한다

소유욕이

나를 부끄럽게 한다

신새벽

신새벽에
더덕 향기 따라
가보았다
제 줄기 타고
감아 올라간 더덕넝쿨
애처로웠다

드센 대추나무 밑에
소나무 한그루
옹색하게 연명하더니만
어느새
메말라버렸네

마른 솔가지 분질러
더덕넝쿨 감아 세워주며
소나무야
미안하다

인생도 또한 너와 같단다

우주만상 생명 있는 것
모두 한(恨)이로구나

허상

가까이 올수록
진실은 사라져간다
실상은 허상이었다

기차를 타고
기선을 타고
떠나갈 때만 진실이었다

오 하느님
진실은 영원한 피안이오니까
언어의 목마름 몸부림
진실은 가지 못할 피안이오니까

내 모습

살갗이 터지고
등이 휘어진
고목 한 그루

망망대해
육지는 아득한데
노 잃은 사공

꽃과 같이 피었던가
나비같이 날았던가
이정표도 없이

내세에는
꽃으로 태어날까
나비로 태어날까

아침

고추밭에 물 주고
배추밭에 물 주고
떨어진 살구 몇 알
치마폭에 주워 담아
부엌으로 들어간다

닭 모이 주고 물 갈아주고
개밥 주고 물 부어주고
고양이들 밥 말아주고
연못에 까놓은 붕어 새끼
한참 들여다본다

아차!
호박넝쿨 오이넝쿨
시들었던데
급히 호스 들고 달려간다
내 떠난 연못가에

목욕하는 작은 새 한 마리

커피 한 잔 마시고
벽에 기대어 조간 보는데
조싹조싹 잠이 온다
아아 내 조반은 누가 하지?
해는 중천에 떴고
달콤한 잠이 온다

업 (業)

시퍼런 칼날로
끊으려 끊으려 했지만
이 업을 왜 못 버리나
생과 사
선과 악
사랑과 미움
그 한가운데 서 있는
내 실체 때문인가
혼돈과 고통과 살벌한 광야
붓대 하나가 자유의 무기인가

시간1

커피잔을
입술에 대는 순간
시간의 소리가 들려왔다
세월을 마시듯이
커피를 삼킨다

제발 소리를 내지 말아다오
톱니바퀴에 끼어 돌아가는 시간
모터가 시간을 토막 내고
미치겠구나

나는 강물로 살고 싶은데
나는 구름으로 살고 싶은데
아아 들판 싱그러운 풀로
살고 싶은데

은하수 저쪽까지

욕탕에 누워서 듣는 빗소리
몸은 재가 되어 사그러지려는데
물받이에 물 떨어지는 소리
생명의 송가
세상은 살아서 숨 쉰다
나는 살아 있는가

생각은
물방울 소리같이 투명한데
은하수 저쪽까지 닿을 듯 투명한데
육신은 어디 있는가
푸른 강줄기 따라
떠내려가고 있는 걸까

꿈 2

꿈을 꾸었다
여행길에서
일행을 잃고
애타게 찾아 헤매는
외로운 꿈이었다

일어나서 연탄불 갈아놓고
형광등 밑에
쭈그리고 앉아
꿈을 생각하는 한밤중
멀리 자동차 달리는 소리

여숙(旅宿)

언덕 위
숲에 싸인 친지집
밤 열두 시
한동거리엔
전쟁처럼 세기말처럼
오토바이의 굉음 연달아 울리고
막막하다

또각또각
시계 소리
쇳날같이 지나가는 시간
벽에는
염주 늘어져 있고
액자엔 부처님 거룩한 말씀
막막하다

어디에 계시는가 그분은

무량번뇌
알 수 없는 시간과 공간
영혼의 울부짖는 소리는
메아리, 메아리도 없고
지금 우리는 어디에 있는가
막막하다

의식

저녁밥 대신
창가에 앉아
콩을 까먹는다
삶의 의식
엄숙하지만
성가실 때가 많다

청춘 한가운데선
본능으로
밥을 먹었지만
이제는 알게 되었다
삶을 씹는
거룩한 의식이라는 것을

축복받은 사람들

찬란한 가을 길목
소소한 바람 불고
사랑은 시인이 한다

해 떨어지는 부둣가
낙엽 뒹구는 간이역
사랑은 나그네가 한다

영혼의 맑은 샘가
세상 부러울 것 없이 충일한 곳
사랑은 가난한 사람이 한다

그 밖에는 그저 그런 생식
탐욕과 이기의 공범자
사랑은 언어도 활자도 아닌
시 그 자체
축복받은 사람들의 것이다

역 사

우리가 했다는 일은
우주만상 절묘한 속에서
티끌의 티끌도 아니다
이 순간에도
생명은 타고
영혼은 떨고 있지만

우리의 언어는
목메이는 울음의
한 가닥 머리칼의 흔들림
이 순간에도
소망은 헛되고
설움을 내세에 띄우는가

별과 같이
영롱한 생과 사
우리가 한 것은 없어

아무것도 없어

가스실 원자폭탄
아프리카의 굶주림
만리장성은 역사의 상흔
아아 내 영혼 싸안고
참으로 갈 길 모르겠구나

오늘은 그런 세월

독서삼매경에 들 수도 없는
비리와 횡포가 난무하는 세상
6·25 포탄 밑에서도
책은 읽었다

영혼이
흔해빠진 휴지처럼 찢기고
번철 위에서 튀다가
늘어지는 생선 같은 우리

모두 오고 가고 걷고 있다
오만 가지 모양의 사람은 있으나
꿈꾸는 사람
황혼의 서산마루 보는 사람
흔치 않고

냉동실과 용광로

보다 차갑게 보다 뜨겁게
그런 것만
확실하게 존재한다
아암 확실하기야 하지
오늘은 그런 세월

도깨비들

TV 화면을 보면
가끔
목쉰 소리 쥐어짜며
몸짓 요란한 사람이
있긴 있었다

세련되고 점잖은
신사 숙녀께서는
도깨비로 보는 사람
그러나
나는 반갑다

그들 도깨비가
시인이거나 학자일 때는
더욱
반갑다
가서 악수하고 싶어진다

분장하지 않고 연습 없이
치수 재지 않고 그러는 사람
흔치 않는 세상
눈시울 뜨겁게 한다

자유

이상한 일은
하나의 틀 속으로
연방
사람들을 몰아넣으면서
눈에 핏발 세우고
자유를 외처대는
사람의 얼굴이다

모순은 아마도
사람에게
말하는 입이 있기 때문이리라

그렇게들 하지 마라

쓸 만한 것 돋아서
세상 살피고 있노라면
눈에 핏발 세운 네댓 놈이
칼 들고 낫 들고 달려온다

베고
찌르고
뿌리 남을까 겁내어
쑤셔댄다

아하아!
사람이 살면 몇백 년을 살겠는가
노래에도 있는 말
청산에 가서 보아라
백골
우리들의 모습

쓰레기 속에서

쓰레기 속에서
나도 쓰레기가 되어가고 있다
챙기고 버리고
무던히 균형 잡아왔지만
이젠 지쳤다

눈을 뜨면 장롱이 있고
TV가 있고 찻잔이 있고
쓰레기통엔 파지가 가득
주전자 재떨이 책더미
그리고 먼지, 먼지

떠나고 싶다
몸뚱이 하나만 가지고
홀가분히
상큼한 풀밭 길 걸으며

물에 씻긴
시내 자갈 밟으며
한지로 도배한
절방 같은 마음 되어
떠나고 싶다

탐욕 때문인가
그런 것 같다
게으름 때문인가
그런 것 같다
늙어서 그런가
아마 그럴 것이다 못 떠나는 것은

문필가

붓끝에
악을 녹이는 독이 있어야
그게 참여다

붓끝에
청풍 부르는 소리 있어야
그게 참여다

사랑이 있어야
눈물이 있어야
생명
다독거리는 손길 있어야
그래야 그게 참여다

사람 1

사람은
법에 의한 재판보다
말의 재판을
훨씬 많이 받으며 산다

말의 재판에는
법에 없는 조목이 많고
연기 같은 죄명으로
하늘 밑이 감옥이다

죄의식 없는 자는
하늘 밑을 활보하고
죄의식 있는 자는
남의 눈빛 읽고
죄 없이 재판받는 자는
자살을 한다
살아 있어도 그것은 자살이다

어떤 인생

너의 입에서 나오는 말은
꽃잎 같다만
내 눈에는
실뱀으로 보이는구나

밤 깊은 길모퉁이
별이 보이느냐
바람 소리 듣느냐
흐느끼느냐

그도 아니라면
가난도 영혼을 씻어주지 못하리
하나님인들 어찌 도와주겠는가

독시(毒矢)를 품고 재기를 꿈꾸며
호령하고 뽐내고
어진 사람 비웃고

거짓웃음 사치와 무지의
그 옛날을 그리워한다면
서러운 눈물도
어찌 너를 씻어주겠는가

지식인

어떤 사람을 보니까
삼분의 일쯤
철권재상 비스마르크였다

어떤 사람을 보니까
오분의 일쯤
신성동맹의 메테르니히였다

하여튼
마키아벨리이든
프랑스 혁명의 꽃은 아니었지만
목숨 구걸하다 반미치광이가 된
승려 투사 사포이든 간에
자유를 포기한 권력지향자들
슬프다

어차피 식자(識者)는 떠돌이별인 것을

무궁한 우주의 떠돌이별인 것을
진실, 그 영원한 수수께끼
별을 따려는 아이처럼
방랑이 숙명인 것을

왜 힘에 발 묻으려 하는가

천경자(千鏡子)

화가 천경자는
가까이 갈 수도 없고
멀리할 수도 없다

매일 만나다시피 했던
명동 시절이나
이십 년 넘게
만나지 못하는 지금이나
거리는 멀어지지도
가까워지지도 않았다

대담한 의상 걸친
그를 바라보고 있노라면
허기도 탐욕도 아닌
원색을 느낀다

어딘지 나른해 뵈지만

분명하지 않을 때는 없었고
그의 언어를
시적이라 한다면
속된 표현
아찔하게 감각적이다

마음만큼 행동하는 그는
들쑥날쑥
매끄러운 사람들 속에서
세월의 찬바람은
더욱 매웠을 것이다.

꿈은 화폭에 있고
시름은 담배에 있고
용기 있는 자유주의자
정직한 생애
그러나
그는 좀 고약한 예술가다

도망

죽으라고 도망쳐다녔다
한곳에 십 년 이십 년 살아도
뿌리내리지 못한 도망의 연속

내 은신처 대문에는 이끼가 끼고
밤이면 왔다 갔다
커피 끓이는 집 안에도 이끼가 끼고
나는 이끼로 숨 쉬었다

때때로
이끼 낀 대문 흔들며
박 아무개 나와라!
목쉰 귀신들 소리를 듣는다

번들거리는 눈빛
거짓되고 화려한 잡신들이
소리를 질러댄다

현실을 알라!

나는 살아 있고 싶은 것이다
거짓은 살아 있는 것이 아니다
거짓은 자유가 아니다

인간은 도시
몇 시간이나 살아 있는 걸까

도끼도 되고 의복도 되고

더러 지식의 옷 걸친
무식꾼 사기꾼이 있긴 있더군

황금과 명예를 움켜쥐는 그들의 손은
볏가리 들어내는 농부의 손보다 강하고
해머 후려치는 노동자의 손보다 강하고
어린아이 보듬는 엄마의 손보다 강하고

해방되던 그해였지
키 크고 코 높은 사람 앞에서
황송하여 다소곳이 웃던 역관 나으리
그 얼굴 돌려 내 백성 보는 순간
찌푸리던 눈살 침 뱉던 입술
지금도 못 잊겠네

강보(襁褓)와 같은 내 산야의 전통
흉보고 조롱하며

피 흘려 명줄 이은 내 백성
욕하고 업신여기며
그까짓 것!
전기면도기 하나로 폼 잡던 새끼들
어느새 입 찢어지게
민족주의 외치는 이유 말하나 마나

비가 오려나 해가 나려나
하늘의 구름 바람 가는 곳 가늠하며
내일은 또 일본 비행기 타고 달나라 갈지
생각해 보면
요리하는 칼 살인의 흉기 되듯
진실을 찍어내는 것도 지식의 도끼

아아 어찌하여 이 지경
거짓으로 온 세상 덮었는가
진시황의 분서 떠올리며
낮달을 올려다본다

낙원을 꿈꾸며

전기세 수도세 전화세
무슨 무슨 세금 쪽지
우편함에서 꺼낼 때마다
겁난다
독촉장은
더욱 가슴 내려앉게 한다

땅문서 집문서 계약서
싫다
호적등본 주민등록증
열쇠꾸러미
아아 싫다 싫어

기억하라! 잊지 말라! 챙겨라!
의식을 죄는 그런 것들
자신을 경멸하는 것 변명하는 것
남을 의심하는 것 소외되는 것

만발하는 서류
피가 통하지 않는 것
언제인가는
서류에 지구가 묻혀
숨을 쉬지 못할 것만 같다

출입금지구역
관공서 큰 건물
지나칠 때마다
겁난다
총대 들고 지키는 것 보면
더욱 겁난다

강원도 충청도 경기도
경계의 팻말
삼팔선 국경 세계지도

구획되고 표시된 것
보면 섬찟하다

갈 수 없는 곳
금지된 구역
텃세부리는 곳
자기들만 꽁꽁 뭉치는 곳
이단에 이민족
쌈질하고
뺏고 빼앗기고

상전도 하인도 되기 싫은데
남 업신여기고 빌붙는 것도 싫은데
결국
외로움으로 견딜 수밖에 없는 걸까
내가 선 한 치의 땅

터널

오렌지처럼 매달린
전등의 행렬
공기를 가르는 자동차의 속도
어느 산간의 터널은
생매장당한 넋들의 신음같이
울었다

아니, 아니, 아니
그것은 샛바람 소리였는지
바다 우는 소리였는지
감은 눈에
푸른 바다 넘실대는
갯촌이 보인다

오렌지빛 전등은
문명의 앙증스런 창녀
울음 속에서

넘실대는 바다 위에서

손짓하고 웃는다

시인 1

시인은
사과 한 알갱이 훔치는 것을
옳다 하질 말라
비록 그들이 가난할지라도

시인은
시기의 암울한 눈빛
그것을 어찌 당연하다 할 것인가
그들에게 여벌이 없을지라도

옳다 함은
그들을 기만하는 것
당연하다는 것도
그들을 업신여기기 때문이며
진실이 아니다

저 역사의 봉우리 봉우리

기만하고 경멸하며
백성들 울음 모아 진군한 영웅들
혁명의 황금알은 저이가 먹고
벌판으로 내어 쫓긴 백성들

시인은
어느 누구에게도 영혼 팔지 말고
권리 못지않게 의무 행하며
생명의 존엄
도도하게 노래하라 해야 한다

세모 (歲暮)

칼날 같은 바람 부는 날
계집은 집 나가고
계집 찾아 사내 집 나가고
부엌 문짝도 없는 단칸 셋방
팔십 노모가
손자들 내복을 빨고 있었다

천륜이 없는 세월인가
아아 천륜이 없는 세월인가
칼날 같은 바람 속에
철없는 손주 놈
구슬치기하며 놀고 있었다
세모라고 선물꾸러미 가고 오는데

닭

마지막 뉴스에 이어
영하 이십 도가 되리라는 일기 예보
일어나 버선 찾아 신고
털자켓 걸치며 나갔다
지상은 눈에 덮여 꿈같고
댕그머니 뜬 달이 가슴에 저렸다

짚 한 단 끌고 가서
닭장 문 열어
횃대 밑에 깔아주는데
수탉 한 마리 암탉 세 마리
그들 식구는
나를 적으로 치부하고
한 소동 피운다

전에
닭 한 마리 길렀을 때

외로웠던 그는
내 뒤를 졸졸 따라다녔는데

아아 생각이 난다
동향의 김상옥(金相沃) 시인이
상처 난 닭을 안고 울며
창건이 약국에 뛰어갔었다는
어릴 적 그의 얘기가

바둑을 두던 창건이 의원은
그까짓 솥에 앉혀라
하는 바둑친구 말 들은 척 않고
이것저것 의서 뒤지다가
바지락 껍질 빻아 바르라고

닭을 벗 삼은 시인의 마음과
눈물 콧물 범벅이 됐을 소년 보고

처방 일러준 따뜻한 선비의 마음
6·25 때 멸치부대 쓰고
바다에 던져졌다던 창건이 의원

끝없는 눈발
이 풍진세상도 잠시 잠들고
댕그머니 뜬 달
고향은 만리같이 멀기만 하다

우리들의 죄가 아니니라

욕망 때문에
땅을 기는 자는
늘 독침을 뿌리고
고개 쳐들 때 오면
비겁 농하여
사람들 목을 자른다

백만 번 말해보아야
그 정열 막을 수 없고
지켜보아야 하는
많은 사람의
억울한 눈물

오늘도 어느 곳에선가
목메이는 사람
스스로 세상 버리는 사람
아마

참 많이 있을 것 같다

울지 말자 울지 말자
우리의 죄가 아니니라

거미줄 같은 것이 흔들린다

억울하게
애잔하게
세상 떠난 사람
얼마나 많은데

하찮은
욕망을 위해
아수라같이 사는 사람
얼마나 많은데

내 신음이 가소롭다
내 의문이 서글프다
분노가 무너져내린다
희망의 문은 절벽

내 한 것만큼 살고
너 한 것만큼 살고

사필귀정에 매달은

가냘픈 거미줄이

흔들리는 밤

남해 금산사(金山寺)

안개 뚫고
남해 금산사에 오른다
안내인은
경치가 보이지 않는다고
애석해했지만
내 허약한 몸에
정수리를 쪼개는
햇볕이었다면
비가 쏟아졌다면
어찌 이곳에 올랐으리

벼랑에 선 금산사
거룩한 신심이여
오르내리며 절을 지은
그 넋들은 지금 어디에
수미산에 안좌해 계시는가

소망 여쭙고

내려오는 중생

수많은 중생

싸구려 흰 블라우스에

해맑은 얼굴들

하루 벌어 하루 사는 백성들

참으로 그들이 희망이로구나

사람2

욕망의 좌절은
외로움 곁에 서는 것
치욕은
자살의 심연 들여다보는 것

어찌하여 당신께서는
존엄의 빛살과 치욕의 어둠
그 양극 사이로
우리를 내몰았는가
아아 사람들아

육신의 죽음 영혼의 죽음
시체들이
아득한 벌판에 널려 있고
무심한 바람 지나간다
아아 사람들아

3부

우리들의 시간

목에 힘주다보면
문틀에 머리 부딪혀 혹이 생긴다
우리는 아픈 생각만 하지
혹 생긴 연유를 모르고
인생을 깨닫지 못한다

세상을 만드신 당신께

당신께서는 언제나
바늘구멍만큼 열어주셨습니다
그렇지 않았다면
어떻게 살았겠습니까

이제는 안 되겠다
싶었을 때도
당신이 열어주실
틈새를 믿었습니다
달콤하게
어리광부리는 마음으로

어쩌면 나는
늘 행복했는지
행복했을 것입니다
목마르지 않게

천수(天水)를 주시던 당신
삶은 참 아름다웠습니다

시간2

밥을 먹고 나면
오히려 허기가
가슴으로 밀려온다
자아, 이젠 뭘 하지?

일 매듭짓고 나면
난장판 같은 자리
이 허기는 어디서 오는 걸까
나무관세음보살!

밖에서는 이 지상 나무 모두가
미친 듯
바람에 시달리며 울부짖고
그 속을 뚫으며
가느다란 시간 지나가고 있다

새벽

커튼 걷고 밖을 내다본다
하늘 아래 아파트가 하얗게 떠 있고
조박지 같은 공간의 나무들
밤비에 젖는다

새벽 네시 반
산책하는 사람들 아직은 없다
우주에서 돌고 있는 지구
자전(自轉)의 소리만 들려오는 것 같다
하얀 아파트
그것들이 안개꽃이면 좋겠다

산 책

원주천 강변 지나서
운전기사 정비공들
드나드는 식당가 지나서
손바닥만 한 채마밭
삭은 판잣집에서
우우 짖으며 강아지 달려 나온다
산마루에 해가 솟누나

일상

담배 한 가치 뽑아
입에 물고
사물을 응시한다

책상 밑에 노트 몇 권
마음에 우주가 밀려온다
실오라기 하나 나풀거린다

권태의 덩어리와
낙엽 쓸어 옮기는 의욕이
상합 상쇄하며 자맥질한다

끝이 없는 슬픔과
모닥불 같은 따뜻함이
노닐며 다투며 젖어오는
한밤의 굉아(曠野)

강변길

인도 아래 숨어 있는 동네
슬레이트 지붕 낡은 집
흰 모자 쓴 늙은 남자가
황매 핀 마당을
싹싹 쓸고 있다

차도에서부터
맹수같이 울부짖으며
트럭이 달려가고
마당의 세발자전거 목마가
숨죽이고 있다

시인 2

이런 시대에도 시인은 있는가
아아 시인은 있는가
무진장 자유의 나라 대한민국에도
수천 명 시인의 명단이 있다는데……

잘살아보세! 잘살아보세!
방방곡곡 메아리치더니
도시는 병들고 황폐해졌으며
농촌은 농약 범벅 비닐이 숨통을 막고 있네
생명들 다 떠나면 어찌하나

남루한 몰골 하고서
하늘 우러러보고
땅 굽어보며
가슴 치고 울부짖는 시인은 없는가
예수의 재래처럼 눈부실 텐데

아아 시인이여!

보석 같은 시인은 없는가

차디찬 가슴

가면들이 가까이, 멀리서 움직인다
다가오기도 하고 떠나기도 한다
도시의 쓸쓸한 석양

가면들도 외로울 것이다
집으로 돌아가는 길이 얼마나 외로울까
전봇대에 머리 짓찧지도 못하고
울타리에 매달려 통곡하지도 못하고
소리, 소리 지르며
대로를 누비지도 못하고

삶의 방식은 싸늘한 가슴
경쟁의 무기 역시 싸늘한 가슴
오늘은 그것을 자유라 한다

그러나 싸늘한 가슴에 비장한 비수는
실상 자기 자신을 겨누고 있다

우리들의 시간

목에 힘주다 보면
문틀에 머리 부딪혀 혹이 생긴다
우리는 아픈 생각만 하지
혹 생긴 연유를 모르고
인생을 깨닫지 못한다

낮추어도 낮추어도
우리는 죄가 많다
뽐내어 본들 도로무익(徒勞無益)
시간이 너무 아깝구나

어디메쯤인가

비 오시는 날
앞산 뒷산 비안개에 가려
막막하다

노아의 홍수 생각도 해보고
삼팔선 언저리까지
떠내려간 소 생각도 해보고

불교의 세계관에서는
네 번이던가?
다섯 번이던가 불로써 개벽을 하고
한 번은 물로써 개벽을 한다는데
글쎄,
그런 개벽이 몇 번이나 되풀이되었는지
유원한 그 내력을 어찌 알랴

다만 내 생각인데 이번에는

불로 이루어진 쇠붙이가 주인 자리에,
사람들은 하인 신세로서
생명들을 어지간히 쓸어낸 즈음이면
쇠붙이끼리 불을 놓아
개벽을 하지 않을까

지금은 어디메쯤 와 있는가

아직은 들꽃들 남아 있고
시냇물 소리 새벽을 흔들고
창가에 나비들 찾아들곤 하는데

지금부터라도
쇠붙이 물리치고
합리주의 사슬 풀고

우주를 경배하며

자동에서 수동으로
잡다한 이론, 박식으로
공밥 먹는 식자들
흙이 된다면

혹 몰라, 살아남을지

숨 쉬는 대지와 더불어
굽이굽이 흐르는 강물과 더불어
낙락장송 풍상을 견디는 저 소나무

아아 숨 막히는 조화(造花)의 천지에서
어찌 살아남을꼬

약력

1926년 10월 28일 (음력) 경상남도 통영시(1995년 충무시와 통영
군이 통합돼 통영시가 됨) 명정리에서 박수영 씨의 장녀
로 출생. 본명 박금이.

1945년 진주고등여학교 제17회 졸업.

1946년 1월 30일 김행도 씨와 결혼. 딸 김영주 출생.

1947년 아들 김철수 출생.

1950년 수도여자사범대학 가정과 졸업, 황해도 연안 여자중학
교 교사. 6·25사변에 남편과 사별.

1953년 서울에서 신문사, 은행 등에 근무하며 습작.

1955년 8월 《현대문학》에 단편 「계산(計算)」이 김동리에 의해 추
천됨.

1956년 8월 《현대문학》에 단편 「흑흑백백(黑黑白白)」이 2회 추천
받아 등단, 본격적인 문학 활동 시작. 아들 사망.

1957년 단편 「불신시대(不信時代)」로 제3회 《현대문학》 신인문학

　　상 수상

1958년 첫 장편 「애가」를 《민주신보》에 연재.

1959년 장편 『표류도』 제3회 내성문학상 수상.

1962년 전작 장편 『김약국의 딸들』 간행.

1965년 장편 『시장과 전장』으로 제2회 한국여류문학상 수상.

1966년 수필집 『Q씨에게』, 『기다리는 불안』 간행.

1968년 단편 「약으로도 못 고치는 병」 발표.

1969년 『토지(土地)』 1부 《현대문학》에 연재 시작.

1972년 『토지』 1부로 월탄문학상 수상.

1980년 원주시 단구동으로 이사.

1983년 『토지』 1부 일본어판 출간.

1988년 시집 『못 떠나는 배』 간행.

1990년 제4회 인촌상 수상. 시집 『도시의 고양이들』 간행.

1994년 8월 15일 집필 25년 만에 『토지』 탈고, 전5부 16권으로

　　완간. 이화여자대학교 명예문학박사 학위 수여. 『토지』

　　1부 불어판 출간.

1995년 연세대학교 원주캠퍼스 객원교수. 『문학을 지망하는 젊

　　은이들에게』 간행. 『토지』 1부 영어판, 『김약국의 딸들』

　　불어판 출간.

1996년 제6회 호암예술상 수상. 칠레 정부로부터 가브리엘라 미

　　스트랄 문학 기념 메달 수여. 토지문화재단 설립, 이사장

　　취임.

1997년 1월 연세대학교 용재 석좌교수. 『시장과 전장』 불어판

출간.

1999년 토지문화관 개관.

2000년 시집 『우리들의 시간』 간행.

2001년 토지문화관에서 문인 및 예술인을 위한 창작실 운영.
『토지』 독어판 출간.

2003년 환경문화계간지 《숨소리》 창간. 장편소설 「나비야 청산
가자」 3회 연재(미완.)

2004년 에세이집 『생명의 아픔』 간행.

2006년 『김약국의 딸들』 중국어판 출간.

2007년 『신원주통신-가설을 위한 망상』 간행.

2008년 4월 시 「까치설」, 「어머니」, 「옛날의 그 집」 《현대문학》에
발표.

2008년 5월 5일 별세. 금관문화훈장 추서, 경남 통영시 산양읍
신전리 미륵산 기슭에 안장됨.

슬픔도 기쁨도 왜 이리 찬란한가

초판 1쇄 인쇄 2025년 4월 29일
초판 1쇄 발행 2025년 5월 21일

지은이 박경리
펴낸이 김선식

부사장 김은영
콘텐츠사업2본부장 박현미
콘텐츠사업6팀장 임경섭 **콘텐츠사업6팀** 정지혜, 곽수빈, 조용우, 이한민, 이현진
마케팅1팀 박태준, 권오권, 오서영, 문서희
미디어홍보본부장 정명찬 **브랜드홍보팀** 오수미, 서가을, 김은지, 이소영, 박장미, 박주현
채널홍보팀 김민정, 정세림, 고나연, 변승주, 홍수경
영상홍보팀 이수인, 염아라, 김혜원, 이지연
편집관리팀 조세현, 김호주, 백설희 **저작권팀** 성민경, 이슬, 윤제희
재무관리팀 하미선, 임혜정, 이슬기, 김주영, 오지수
인사총무팀 강미숙, 이정환, 김혜진, 황종원
제작관리팀 이소현, 김소영, 김진경, 이지우, 황인우
물류관리팀 김형기, 김선진, 주정훈, 양문현, 채원석, 박재연, 이준희, 이민운

펴낸곳 다산북스 **출판등록** 2005년 12월 23일 제313-2005-00277호
주소 경기도 파주시 회동길 490
전화 02-704-1724 **팩스** 02-703-2219
이메일 dasanbooks@dasanbooks.com
홈페이지 www.dasan.group **블로그** blog.naver.com/dasan_books
용지 스마일몬스터 **인쇄** 민언프린텍 **코팅 및 후가공** 제이오엘앤피 **제본** 국일문화사

ISBN 979-11-306-6627-3 (03810)